APPRENTIS LECTEURS

TOUJOURS PLUS GRAND

Mara Rockliff

Illustrations de Pascale Constantin

Texte français de Claudine Azoulay

Éditions
SCHOLASTIC

À Cassidy
— M.R.

En souvenir des merveilleux pique-niques sur la montagne, avec Nathalie et Patrick
— P.C.

Catalogage avant publication de Bibliothèque
et Archives Canada

Rockliff, Mara
Toujours plus grand / Mara Rockliff;
illustrations de Pascale Constantin;
texte français de Claudine Azoulay.

(Apprentis lecteurs)
Traduction de : Next to an Ant.
Pour enfants de 3 à 6 ans.
ISBN 0-439-94791-X

I. Constantin, Pascale II. Azoulay, Claudine
III. Titre. IV. Collection.

PZ23.R646To 2005   j813'.54   C2005-904920-0

Édition publiée par les Éditions Scholastic, 175 Hillmount Road, Markham (Ontario) L6C 1Z7.

5 4 3 2 1   Imprimé au Canada   05 06 07 08

Une framboise est plus grande
qu'une fourmi.

Un escargot est plus grand
qu'une framboise.

Une souris est plus grande
qu'un escargot.

Mon soulier est plus grand
qu'une souris.

Mon verre est plus grand que mon soulier.

Mon ballon est plus grand
que mon verre.

Mon panier est plus grand que mon ballon.

Mon chiot est plus grand
que mon panier.

Mon frère est plus grand que mon chiot.

Et moi...

je suis la plus grande de tous!

LISTE DE MOTS

ballon	framboise	moi	souris
chiot	frère	mon	suis
de	grand	panier	tous
escargot	grande	plus	un
est	je	que	une
et	la	soulier	verre
fourmi			

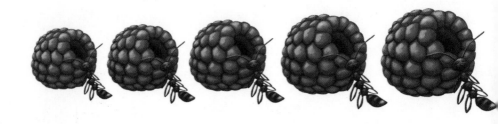